胖胖熊 呆萌大進擊 生活日記

©Lu's

🍞 使用說明

這本書除了平時
休閒閱讀

最特別的是
每天翻開一頁

看看胖胖熊
今天想跟你說的
一句話～

大家好我叫胖胖熊
我是一隻狗

可是我不想被欺負
所以我要說我是熊

我對很多事都很努力
可是很懊惱的是
3分鐘後我就放棄了...真討厭

對了！我出生在麵包店
什麼麵包我都喜歡～
我很愛吃！所以討厭別人浪費食物
尤其是香噴噴的麵包！

喜歡的東西，留到最後再吃。

今天就犒賞自己一下。

口袋空空也沒關係

別老是跟自己的朋友比較。

最喜歡和你在一起

珍惜身邊擁有的。

啾一個

讓自己臉皮厚一點。

ㄌㄩㄝ~

ㄅㄩㄝ~

拉一拉可以增加彈性

有夢想才有實現。

就是愛畫畫

耍廢一下，不會浪費太多時間。

幸福啊～

可愛的東西常常讓人受不了。

我們再也不分開

跟好朋友在一起的笑聲，是最舒壓的。

你是我的好麻吉

我只是軟呼呼，但內心很堅強喔。

红豆麻糬
　能吃一口嗎？

不要

廢著不動又有什麼關係呢？

我只是给自己放一個
不加油也不努力的假

個性要像麻糬，Ｑ彈又香甜。

黏在一起了！

動一下腦筋，方法有很多種。

腳丫子好溫暖

愛自己時，也同時關心別人。

讓我為你擋雨吧

調皮一下是生活的調味料。

給自己獨處的時間。

美得冒泡

想破頭還是一樣，不如別再去想。

沒完沒了的過敏

怎麼一直流不停...

生活如果不幽默，要怎麼過呢？

笑一個嘛～

做自己的英雄。

我是最棒的！

天天都是禮物天。

Surprise!

好心情就要表現出來。

真是美好的一天

看似沒做什麼事，其實已經做很多了。

棉被用成
　美人魚尾巴

想像無限　歡樂無限～

路要向前看。

有時回頭看看也無妨

嗨一下，活著就要動。

一二三四 二二三四
跟我一起做！

不是故意惹你生氣，只是想要你偶爾在乎我。

跟別人一樣也不錯。

走吧！走吧！

再睡一下，多愛自己一點。

就這樣一直在一起吧

偶爾像個孩子一樣天真。

下一個要吃什麼呢？

擺滿玩具才有安全感。

全部都是我的寶物～

害怕只是心理作用。

壞的心情像吹泡泡，破了就蒸發。

吹

還要多吹一點

要跟別人分享可愛的模樣。

看我多可愛

換個造型換個想法，結果就不一樣了。

我們想得一樣

跟棉被交往中。

再抱緊一點

每次停下來，都是為了準備用力前進。

休息一下

生活需要適度的搔癢。

搔

舒服嗎～

黏著你，只是想讓你知道，我在乎你。

無聊的路，跟對人就變有趣了。

你要一起來嗎？

好心情，讓我覺得自己很好看。

捨不得離開了

機器人都要充電了，更何況是人。

讓我們為你加油

堅持，就能實現。

一直說要吃的那家麵包
我買回來啦~

肚子的肥肉是幸福的伴。

幸福滿滿

大吃大喝又如何。

我只是把我身上的每一塊小肉
當成每一次快樂的回憶

喜歡的事，就要用力的去做。

麵團要用力揉

沒試過怎麼知道自己不會。

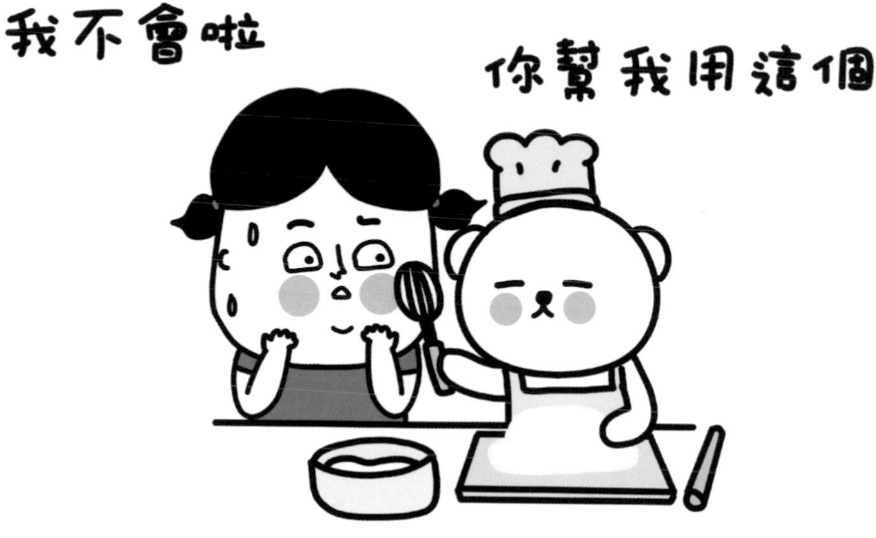
我不會啦
你幫我用這個

不完美，不代表是失敗。

角角烤焦
　一樣好吃

小小一件事情，就能讓自己開心一整天。

好幸福～

這就是幸福的滋味

每個人都有夢想，但努力只能靠自己。

再妝點一下就完成嘍

機會沒了，別忘了還有明天。

填飽肚子再出發！

我的外表像麻糬軟軟的，
心像內餡一樣紮實。

Q彈又有料

別給自己設限了。

甩～ 甩～

甩～ 甩～

小心甩出去！

因為有了一點瑕疵更完美。

外表不好看
但還是很好吃哦

辛苦了一整天，一定要犒賞自己。

品嚐美食我最行～

喜歡就要勇敢說出來。

謝 謝 你

我 最 喜 歡 你 了 !

不喜歡的事就要說出來。

你沒悶就吃掉！

過程比結果還重要。

同心協力的美味

吃一點糖，生活比較甜。

我的最愛

多一點笑容，好的事物就會靠近。

西瓜甜不甜～

讓自己休息一下吧！

泡奶茶吃個點心

人生像揉麵團，可以變成各種樣子。

不揉就只是一坨麵團

呆萌大進擊 胖胖熊生活日記

作　　　　者／Lu's
美 術 編 輯／申朗創意
編 輯 統 籌／沿途創意

總 　編　 輯／賈俊國
副 總 編 輯／蘇士尹
編　　　　輯／高懿萩
行 銷 企 畫／張莉滎‧廖可筠‧蕭羽猜

發　 行　 人／何飛鵬
法 律 顧 問／元禾法律事務所王子文律師
出　　　　版／布克文化出版事業部
　　　　　　　台北市中山區民生東路二段 141 號 8 樓
　　　　　　　電話：(02)2500-7008　傳真：(02)2502-7676
　　　　　　　Email：sbooker.service@cite.com.tw
發　　　　行／英屬蓋曼群島商家庭傳媒股份有限公司城邦分公司
　　　　　　　台北市中山區民生東路二段 141 號 2 樓
　　　　　　　書虫客服務專線：(02)2500-7718；2500-7719
　　　　　　　24 小時傳真專線：(02)2500-1990；2500-1991
　　　　　　　劃撥帳號：19863813；戶名：書虫股份有限公司
　　　　　　　讀者服務信箱：service@readingclub.com.tw
香港發行所／城邦（香港）出版集團有限公司
　　　　　　　香港灣仔駱克道 193 號東超商業中心 1 樓
　　　　　　　電話：+852-2508-6231　傳真：+852-2578-9337
　　　　　　　Email：hkcite@biznetvigator.com
馬新發行所／城邦（馬新）出版集團 Cité (M) Sdn. Bhd.
　　　　　　　41, Jalan Radin Anum, Bandar Baru Sri Petaling,
　　　　　　　57000 Kuala Lumpur, Malaysia
　　　　　　　電話：+603- 9057-8822　傳真：+603- 9057-6622
　　　　　　　Email：cite@cite.com.my
印　　　　刷／韋懋實業有限公司
初　　　　版／2018 年（民 107）05 月
售　　　　價／300 元
Ｉ Ｓ Ｂ Ｎ／978-957-9699-19-8

城邦讀書花園　布克文化
www.cite.com.tw　www.sbooker.com.tw